_____ 님께

한 해 동안 수고 많으셨습니다.

다사다난하고 긴 한 해였습니다.
어렵고 힘들어도
늘 함께해준 소중한 분들이 있기에
돌아보면 축복의 시간들로 기억됩니다.
감사합니다!

새해에는 좋은 일들만 가득하기를,
환한 웃음으로 세상이 더 밝아지기를 소망합니다.

행복하세요!

 _____ 드림

마음중전

"당신이어서 고맙습니다!"

　오래 전 버킷 리스트bucket list를 작성한 적이 있다. 단어가 가진 무게 때문에 진지하기도 했지만, 남들처럼 '산티아고 순례길 걷기', '산토리니에서 한 달 살아보기' 등 평소 해보고 싶었던 일들을 하나씩 적어가면서 순간순간 설레기도 했다. 30여 가지의 버킷 리스트를 채워가는 동안 1순위는 칸을 비워 두었다. 맨 마지막에 적은 버킷 리스트 대망의 1위는 '사랑 고백하기'였다.

　이미 결혼을 하고 세 자녀를 두고 있는 처지였기에 이성에 대한 사랑 고백은 결코 아니었다. 그 사랑 고백의 대상은 바로 내 어머니였다. 당시 필자는 갓 40을 넘긴 나이였지만, 그때까지 어머니께 단 한 번도 사랑 고백을 하지 못한 상태였다. 나를 낳고 키워준 존재, 내가 어디에서 무엇을 하든 항상 믿고 응원해주는 유일무이한 존재. 그런 분에게 난 너무 인색했었다. 가뭄에 콩 나듯 전화 한 통 하고, 명절 때면 의무적으로 귀향 행렬에 동참하는 게 전부였다. 가족끼리는 다들 그렇게 사는 것 아니냐고 말하는 사람도 있지만, 어느 날 갑자기 황망하게 아버지를 떠나보내면서 퍼뜩 깨달았다. 아버지께 한 번도 제대로 된 사랑 표현을 해본 적이 없다는 사실을. 그제야 부모의 죽음 앞에서 통곡하는 자식들의 마음을 조금은 헤아릴 수 있었다.

첫 번째 버킷 리스트를 실행하는 디데이D-Day는 내 생일 날로 정했다. 전화를 걸자마자 어머니는 미역국은 먹었냐고 먼저 물으셨다. 순간 목울대에 무언가 뜨거운 것이 치고 올라왔다. 송화기를 손으로 막고 헛기침으로 몇 번이나 목을 가다듬었다. 그리고 준비해둔 말을 떠듬떠듬 해나갔다. "엄니, …엄니가 내 엄니라서… 좋았습니다. 그리고… 엄니 아들이라서… 행복합니다." 더 이상 말을 잇기 어려웠다. 한참 만에 어머니의 목소리가 들려왔다. "오냐, 고맙다~잉. 나도 니가 내 아들이어서 항시 좋았어야. 고맙다~잉. 감기 안 들게 따뜻하게 입고 댕겨라~잉." "엄니도요. 엄니… 사랑합니다!" 서둘러 전화를 끊었다. 오래도록 가슴이 먹먹했다. 이 한 마디를 전하는 데 40년의 세월이 걸리다니, 참으로 무던하고 인색한 아들이었다. 그래도 기분이 좋았다. 가슴에 화롯불 같은 온기가 돌았다.

사랑 고백을 한 후 처음 맞은 명절은 여느 때와 달랐다. 멀리 있는 연인을 만나러 가는 것처럼 며칠 전부터 가슴이 설렜고, 끝이 보이지 않는 교통체증도 전혀 짜증스럽지 않았다. 열 시간 가까운 운전 끝에 도착한 고향집에서 처음으로 큰절 대신 어머니를 꼭 안아드렸다. 약속이라도 한 듯 아내와 아이들도 포옹으로 인사를 대신했다.

그렇게 다시 10여 년의 세월이 흐르고, 어머니는 갑작스런 소나기와 함께 먼 길을 떠나셨다. 봄이 오고 꽃이 피어도, 이제는 어디에서도 어머니의 모습을 찾을 수 없다. 그럼에도 슬프지만은 않다. 어디에도 없지만 언제 어디서나 나와 함께임을 알기에. 돌이켜보면 그때의 사랑 고백은 내 인생에서 가장 잘한 일 중의 하나였고, 내가 한 최고의 효도였다. 그리고 그것은 결국 나를 위한 일이었음을 뒤늦게 깨달았다.

어두운 밤, 초롱을 들고 골목길을 걷고 있는 장님을 보고 지나가는 사람이 물었다. "앞을 보지도 못하는 사람이 왜 초롱을 켜고 다니시오?" 그러자 장님이 대답했다. "그래야 다른 사람들이 나를 피해 가지요."

타인을 생각하는 작은 배려도 따지고 보면 결국 나 자신

을 위한 일이다. 하물며 평생 내편이 되어준 부모에게 하는
자식의 알량한 효도 따위는 말해 무엇할까.

"당신이어서 고맙습니다."

인디언 세네카 족의 인사말이다. 바쁜 일상에서 잠시 발
걸음을 멈추고 비껴서면, 작지만 소중하고 감사한 존재들이
주위에 그득하다. 소중한 것은 항상 그렇게 가까운 곳에서
무심한 듯 나를 지키고 있다.
더 늦기 전에 그들을 발견하고,
그들에게 감사의 인사를 전하자.

"당신이어서 고맙습니다!"

상처받지 않고 온기를 나누는 법

지난 봄에 군 입대를 한 막내아들에게서 전화가 왔다. 약간 들뜬 목소리로 2주 후 첫 휴가를 나온다는 소식을 전했다. 아내가 제일 좋아했다. 통화를 마치고 소풍날을 받아놓은 아이처럼 기뻐하던 아내는 이내 걱정을 늘어놓기 시작했다. "무슨 음식을 준비하지?" 했다가 "아니야, 집밥보다 그동안 못 먹은 통닭이나 자장면 같은 걸 먹고 싶겠지?" 그러다가 다시 "아냐, 그래도 첫 끼는 집에서 먹어야지."하며 밤늦게까지 혼잣말을 중얼거렸다.

그렇게 2주가 지나가고 마침내 아들이 휴가를 나왔다. 늠름하고 씩씩해진 아들을 보며 아내는 눈물까지 보였다. 하지만 그것도 잠시였다. 아들은 옷만 갈아입고 친구들과 저녁 약속이 있다면서 황급히 나가버렸다. 아침부터 이리 뛰고 저리 뛰며 식사를 준비했던 아내는 서운한 기색이 역력했지만 애써 내색하지 않고 멍하니 아들의 뒷모습만 바라

보고 서 있었다.

새벽에 귀가한 아들은 다음날 아침밥을 먹자마자 여행가방을 꺼내놓고 짐을 싸기 시작했다. 친구들과 서울 근교로 2박3일 여행을 간다고 했다. 이번에는 아내가 서운한 기색을 드러내며, 그래도 첫 휴가인데 가족과 함께 보내야 하지 않느냐고 소심하게 따지기도 했지만 아들의 뜻을 꺾을 수는 없었다.

사건은 아들이 여행을 마치고 돌아온 날 발생했다. 여행지에서 친구들과 다투기라도 한 것인지 현관문을 열고 들어서는 아들은 딱 봐도 저기압이었다. 아내가 물었다. " 왜? 친구들하고 다툰 거야?" 되돌아온 아들의 대답이 걸작이었다. "알았으면 더 이상 말 시키지 마세요." 순간 아내의 가슴엔 대못 하나가 박혔다. 아들은 방문을 닫고 들어가서 다음날 아침에야 얼굴을 보여주었다. 어쩌면 부대로 복귀하는 날이라서 방문을 열고나올 수밖에 없었는지도 모르겠다. 식사를 하고 집을 나설 때까지 아들은 어제 일에 대한 일체의 언급이 없었다.

아들을 보내놓고 아내는 머리를 싸매고 드러누웠다. 예상치 못했던 아들의 행동에 서운했고 한편으론 좀 더 따뜻하게 해서 보내지 못한 것에 자책을 하기도 했다. 그날 아들은 무사히 부대에 복귀했다는 전화도 없었다. 하루 이틀 시간이 지나가도 소식이 없자 아내는 종일 휴대폰을 만지작거리며 안절부절못했다. 전화를 걸어서 안부를 묻고 싶은 마음이 간절했지만 한편으론 아들이 먼저 전화해서 사과해주기를 내심 기대하고 있었던 것이다.

  이러지도 저러지도 못하고 답답해진 아내가 남편에게 물었다. "어떡하지? 그냥 내가 먼저 전화해 볼까?" 그동안 묵묵히 지켜만 보고 있던 남편이 입을 열었다. "좀 더 기다려봐. 아직 시간이 더 필요하지 않을까? 그럴 땐 너무 가까이 다가가지도 말고 적당히 거리를 두고 지켜보는 것도 좋을 것 같애. 부모 자식 간에도 때로는 밀당이 필요하니까." 아내는 기다림을 선택했다. 다행히 주말에 아들이 먼저 전화를 걸어왔고 사과를 했다. 그제야 아내의 얼굴에 다시 미소가 번졌다.

유럽 남부와 아프리카 북부의 바위산이나 산림지대에 서식하는 '호저豪豬'라는 동물이 있다. 고슴도치처럼 온몸이 길고 날카로운 가시로 덮여 있는 이 동물은 무리를 지어 살며 서로의 체온에 의지해서 추운 겨울을 이겨낸다. 치명적인 가시로 덮인 호저들이 어떻게 서로의 체온을 나누며 추위를 이겨낼 수 있게 되었을까? 처음에는 그들도 적당한 거리를 찾지 못하고 서로 상처를 주고받아야 했다. 너무 가까이 다가가면 가시에 찔려 고통스러웠고, 너무 멀리 떨어지면 살을 에는 추위를 피하기 어려웠다. 그렇게 수차례 다가갔다 떨어졌다 시행착오를 반복한 후에야 호저들은 적당한 거리를 찾아낸다. 서로 상처 입지 않고 따뜻한 체온을 함께 나눌 수 있는 최적의 거리를 찾아낸 것이다.

인간관계도 적당한 거리 찾기의 연속이다. 너무 멀리 떨어져 있으면 외로움이 엄습하고 너무 가까이 다가가면 서로에게 상처를 안겨주기 쉽다. 서로 상처받지 않으면서 따뜻한 온기를 나누려면 때때로 인내와 기다림을 감수해야 한다. 적당하게 거리와 속도를 조절하면서.

루돌프의 콤플렉스

　제2차 세계대전 발발 직전인 1939년 9월 31일, 한 남자의 목소리가 라디오 전파를 타고 영국 전역에 울려 퍼졌다. 차분하고 호소력 있는 그 목소리는 전쟁의 공포에 떨고 있던 영국인들에게 위안과 용기를 안겨주었고, 불안감에 흩어졌던 민심을 하나로 뭉치게 만들었다. 영화 『킹스 스피치』의 주인공이기도 한, 영국의 왕 조지 6세의 연설이었다. 조지 6세는 어려서부터 지독한 말더듬 증에 시달렸다. 그것을 고치기 위해 각국에서 그 분야 최고 권위의 치료사를 데려오는 등 수많은 방법을 시도했지만 번번이 실패했고, 실패가 거듭될수록 콤플렉스도 심해졌다. 그러다 아내 엘리자베스의 소개로 괴짜 언어 치료사 라이오넬 로그를 만나게 된다. 라이오넬 로그는 조지 6세에게 두 가지 방법을 이야기한다. 하나는 '친구에게 말하듯이 하라'는 것이고, 다른 하나는 '콤플렉스를 숨기려 하지 말고 인정하라'는 것이었다. 그의 조언에 따라 조지 6세는 자신의 말더듬이 콤플렉스를 더 이상 숨기지 않았고, 자신의 콤플렉스와 마주 서면서 서서히 말더듬 증을 극복하게 된다.

세계적인 가구 브랜드 '이케아'의 창업자이자 세계 10대 갑부에 드는 잉그바르 캄프라드. 그에게도 남모르는 콤플렉스가 있었다. 어린 시절부터 겪어야 했던 심한 난독증이 그것이었다. 책은 물론이고 상품 코드 하나도 읽기 어려웠던 그는 이케아를 창업하면서 상품 코드를 읽기 쉽고 기억하기 좋은 지명이나 인명으로 대체했다. 이케아에서 가장 잘 팔리는 책상은 빌리Billy, 소파와 TV받침대는 각각 클판 Klippan과 놀레 보Norrebo라는 상품명을 달고 있다. 자신의 콤플렉스인 난독증 때문에 시도했던 이색적인 작명은 이케아만의 독특한 마케팅 요소가 되었고, 이케아를 전 세계 소비자들에게 사랑받는 브랜드로 만들어 주었다.

2008년, 빌보드지에서 지난 50년간 차트 순위 상위권을 차지한 아티스트 명단을 발표했다. 그 순위에서 5위에 이름을 올린 사람이 바로 맹인 가수 스티비 원더다. 그는 스스로 '흑인, 가난, 맹인'이라는 세 단어로 자신의 어린 시절을 표현할 만큼 암담한 삶을 살았다. 그러던 어느 날 그의 인생을 바꿔준 사건이 일어난다. 수업시간에 갑자기 쥐 한 마리가 나타났고 교실 안은 놀란 아이들의 비명으로 아수라장이 되었다. 그때 선생님이 부탁을 했다.

"스티브, 혹시 쥐가 어디로 숨었는지 찾을 수 있겠니?"

스티브는 시력을 상실한 대신 남다르게 발달된 청력을 가지고 있었다. 그가 쥐를 찾아내자 평소 그를 따돌림 시키던 친구들도 기쁨의 환호성을 질렀고 선생님의 칭찬이 이어졌다.

"스티브, 넌 다른 친구들에게는 없는 정말 특별한 재능을 가졌구나!"

그날 이후, 자신이 가진 특별한 능력에 대한 자신감으로 음악에 심취한 스티비 원더는 12살에 데뷔를 하고, 데뷔와 동시에 팝 차트 1위까지 오르게 된다.

사람들은 대부분 자신의 외모나 능력, 환경 등에 대해서 한두 가지 불만을 가지고 산다. 그런 감정은 성장 과정에서 누구나 겪을 수 있는 자연스러운 욕구이기도 하고, 때로는 그것이 나를 발전시키는 동기부여가 되기도 한다. 문제는 자신을 남과 비교하는 데서 발생한다. 자신의 부족한 점을 남과 비교하면서 열등감을 가지게 되면 그것이 콤플렉스가 되는 것이다. 열등감은 지나치게 주변의 시선을 의식하고 잘 보이려는 강박이 불러오는 부작용 중 하나다. 하지만 잊지 말자. 세상 사람들은 내가 생각하는 만큼 나에게 관심이 없다는 것을.

'콤플렉스'라는 단어를 쓸 때마다 캐롤 '루돌프 사슴코' 가 떠오른다. 남들과는 다른, 반짝이는 코를 가진 루돌프는 늘 놀림을 당했고 그것이 콤플렉스였다. 하지만 안개 낀 성 탄절에 산타의 인정을 받은 순간부터 루돌프의 콤플렉스는 자신만의 개성이자 매력 포인트로 변한다.

지금 나의 콤플렉스가 언제든 나의 경 쟁력이 될 수 있다. 비교하지 말고, 숨 기지도 말고, 콤플렉스마저도 당당하게 드러내고 살자. 그리고 지금 내가 가진 것에 무한한 감사를 보내자.

낯설게, 조금은 불편하게

　오래전 교보문고에서 진행한 저자 초청 강연회에서 '일본 독서보급협회' 회장인 시미즈 씨의 강연을 들은 적이 있다. 까무잡잡하고 깡마른 체구에 수염까지 기른 시미즈 씨는 간단하게 자기소개를 한 후에 청중들을 한번 둘러보더니, 분위기가 너무 딱딱한 것 같다며 몸 풀기 게임을 제안했다. 두 명씩 짝을 지어서 하는, 전혀 특별할 것이 없는 '가위 바위 보' 게임이었는데, 결정적인 반전이 기다리고 있었다. 그 게임은 이기기 위한 게임이 아니라 지기 위한 게임이었다. '가위 바위 보'를 해서 지는 사람이 승리하는 게임이었던 것이다. 단번에 승패가 갈릴 때는 기존 게임과 별반 다르지 않았지만 두 사람이 같은 것을 내서 비겼을 때는 금세 머리가 복잡해졌다. 상대방의 노림수를 예측해서 이기는 수를 생각해내는 데 익숙한 뇌 회로가 갑자기 얽히고 꼬인 느낌이었다. 여기저기서 괴성과 헛웃음이 터져 나왔다. 시미즈 씨는 그런 반응을 예상했다는 듯 의미심장한 미소를 지었고, 이

게임을 통해서 우리의 뇌, 특히 무의식이 얼마나 한쪽으로 편향되어 굳어 있는지를 경험한 것이라고 말했다. 오래도록 기억에 남는 신선한 충격이었다.

인간의 정신세계, 즉 의식과 무의식을 설명할 때 흔히 빙산에 비유하기도 한다. 보통 수면 위로 돌출된 부분을 의식으로, 수면 아래에 잠겨 있는 부분을 무의식으로 나누는데, 우리 눈에 보이는 수면 위 빙산은 대체로 전체 크기의 5%에도 미치지 못한다. 정보처리 속도도 의식 층이 초당 7비트 정도의 속도라면 무의식 층은 초당 1,100만 비트에 달한다고 한다.

더 흥미로운 것은 무의식은 옳고 그름과는 상관없이 익숙한 것을 좋아하고, 좋아하는 것은 움켜쥐고 놓아주지 않으려는 성향이 강하다는 것이다. 그 '익숙한 것'의 대명사가 바로 '습관'이 아닐까. 한번 들인 습관을 고치기 어렵고 새로운 습관을 만들기는 더 어려운 이유가 그 때문이리라. 애초에 좋은 습관을 들이면 좋겠지만 습관이든 물건이든 좋은 것은 그만큼 쉽게 얻어지는 게 아니다. 많은 시간과 공을 들여야만 얻을 수 있기에 좋은 습관이 되고 좋은 물건이 되는 것일 게다. 어떤 책에서는 좋은 습관 하나를 만들려면 최소 21일의 시간이 필요하다고 말한다. 하나의 행위나 동작을 21일 동안 매일 반복했을 때 비로소 우리의 무의식에 익숙한 것으로 인지된다는 것이다.

필자도 최근 30년이 넘은 오래된 습관 하나를 바꾸려고 무던히 애쓰는 중이다. 말이 삼십 년이지, 강산이 세 번이나 변하도록 떨쳐버리지 못한 습관이라면 의학적으로는 이미 중독이다. 필자에게는 그것이 흡연이었다. 우연한 기회에 호기심으로 시작한 흡연에 삼십 년이란 시간이 더해지면서 내 몸과 영혼까지 서서히 잠식당하는 느낌이다. 아침에 눈을 뜨면 담배부터 빼물고, 어떤 날은 자다가도 벌떡 일어나 담배를 한 대 피우고서야 다시 잠들 수 있었다. 흡연의 행위와 흡연을 하는 시간은 언제부턴가 너무도 익숙한 행위이고 편안한 시간이 되어버렸는데, 최근 코로나19 때문에 매일 마스크를 착용하면서부터 작은 변화가 생기기 시작했다. 그렇게 익숙하고 편안했던 것이 조금씩 낯설고 불편해진 것이다. 특히 담배를 피우고나서 곧바로 마스크를 썼을 때 내 입에서 내 코로 전해지는 담배냄새의 불쾌감이 영 마뜩찮았다. 날씨가 더워지면서 그 불쾌감은 감당하기 어려운 것이 되었고, 결국 금연을 결심하게 만들었다. 지난 6월 1일부터 금연을 시작했으니 이미 21일을 넘겼고 며칠 후면 만한 달이 된다. 아이러니하게도 코로나19에게 새로운 습관,

좋은 습관 하나를 선물 받은 셈이다.

　신종 바이러스의 확산이 장기화 되면서 우리 삶에 많은 변화를 일으키고 있다. 가늠조차 할 수 없는 이후의 세상은 생각만으로도 두려움을 안겨주기도 한다. 이럴 땐 내 안에서 하나씩 답을 찾아보는 것도 방법이다. 그동안 일상에서 당연하고 익숙했던 것들과의 결별을 시도해 보는 것이다.

　작은 것부터 하나하나 다르게 바라보고 조금 낯설게 살아보자.

참 좋은, 봄날의 단상

　거리마다 골목마다 꽃비가 내리고 향기로 가득한 계절, 봄이다. 봄이 절정으로 치닫는 4월 하순, 거리를 걷다보면 나도 모르게 〈벚꽃 엔딩〉 노래 가사를 흥얼거리게 된다. '봄바람 휘날리며 흩날리는 벚꽃 잎이~ ♪' 참 좋은 계절이다. 따사로운 햇살이 손바닥을 간질이고 온갖 꽃들이 앞 다퉈 피었다지기를 반복한다. 꽃이 진 자리엔 어느새 연둣빛 새싹이 삐죽삐죽 고개를 내민다. 그 어떤 수식어로 4월의 봄을 온전히 표현할 수 있을까.

　그런 4월 하순에 때 아닌 진눈깨비가 날리고, 천둥 번개와 돌풍이 몰아치는 도깨비 같은 날씨가 이틀 동안 이어진다. 초자연적인 힘이 시계를 거꾸로 돌리고 있는 것만 같다. 시절이 하 수상하니 계절도 때를 모르고 요동치는 모양이다. 덕분에 사람들은 장롱 깊숙이 처박았던 두꺼운 외투를 꺼내 입고 종종걸음을 하고, 꽃들도 속절없이 바람 따라 긴

낙하의 행렬을 이룬다. 꽃보다 싱그러웠던 새싹들도 갑작스런 추위에 놀란 몸을 웅크리기에 바쁘다. 기상청 보도에 따르면 4월 기온으로는 관측 사상 19년만의 최저 기온이라고 한다. 뉴스에는 과수 농사를 짓는 농부들의 긴 한숨과 탄식이 전해진다. 예기치 못한 기상 이변은 이렇게 우리의 일상에 불편함을 가져다주고, 누군가에겐 생계를 걱정해야 하는 고통을 안겨주기도 한다. 하지만 한편으론 지금껏 우리가 누려온 평범한 일상이 얼마나 소중한 것이며, 그동안 공짜로 누린 따사로운 봄볕이 얼마나 고마운 것이었는지를 다시 한 번 생각하게 만든다.

비가 오거나 눈이 내리고, 때론 햇살이 쨍한 날씨들은 모두 자연의 영역이지만 그 변화는 우리의 삶과 마음에도 지대한 영향을 미친다. 특히 비가 오거나 흐린 날이 많아지면 우울증 환자가 증가한다는 통계자료는 우리 인간 역시 자연의 일부임을 새삼 깨닫게 해준다. 그렇다고 우리의 기분과 우리의 삶을 스스로의 의지가 아닌 변화무쌍한 날씨에 맞춰 살 수만은 없는 노릇이고, 이런 때일수록 생각의 전환, 시각의 변화가 필요하다. 비가 개인 뒤 같은 장소에서 창밖 풍경을 보면서도 질퍽해진 길을 내려다보며 근심 가득한 사람이 있고, 맑고 푸른 하늘을 올려다보며 환한 미소를 지어 보이는 사람도 있다. 똑같은 현상과 사물을 보더라도 어떤 시각으로 보느냐에 따라서 우리의 기분도 우리의 삶도 달라질 수 있는 것이다.

북유럽에 위치한 아일랜드에는 1년에 보통 200일 이상 비가 내린다고 한다. 건조지역으로 분류되는 곳도 보통 150일 정도 비가 내린다고 하니, 아일랜드가 얼마나 비가 잦은 나라인지 상상이 된다. 우린 여름 장마가 열흘만 지속돼도 기분까지 눅눅해지고 금세 지겨워하는데 아일랜드 사람들은 이런 날씨를 어떻게 견디며 살아갈까?

우산보다는 레인코트를 좋아하고 비를 맞으며 걷는 것을 자연스럽게 받아들이며 사는 아일랜드 사람들, 그들은 비가 오는 날을 '소프트 데이'라고 부른다. 귀찮고 지겨운 날이 아니라 부드럽고 말랑말랑한 특별한 날로 생각하는 것이다. 그 애칭 하나만으로도 아일랜드 사람들은 1년 중 200일 이상 특별한 날을 살아가고 있는 셈이다. 세상일은 이렇게 마음먹기에 따라서 많은 것이 달라질 수 있다. 비가 오는 궂은 날도 어떤 이에게는 소프트데이Soft Day가 되고, 어떤 이에게는 글루미데이Gloomy Day가 된다.

"화내도 하루, 웃어도 하루"

　일본의 어느 사찰 입구에
세워진 푯말에 적힌 글귀다.
세상에서 가장 공평하게 주
어지는 것 중의 하나가 바로
시간이다. 누구에게나 하루 24
시간이 공평하게 주어진다. 이 시
간을 어떻게 보낼 것인지는 오롯이 개
개인 자신의 몫이다. 작은 것에서 감사를 찾으면 감사할 일
이 연이어 일어난다는 말이 있다. 우리도 오늘 하루 소소한
것에서 감사를 찾아내는 행복한 봄날을 만들어 보자.

　참 좋은 계절, 봄이 한창이다.

소소한 일상에 보내는 감사

　새벽 다섯 시, 오늘도 세찬 빗소리에 놀라 잠에서 깬다. 자정부터 시작된 비가 밤새도록 이어지더니 새벽녘에는 오히려 빗줄기가 굵어지고 바람까지 거세진다. 50여 일 가까이 계속되는 장맛비, 정말 하늘에 구멍이라도 뚫린 것만 같다. 기상청에서는 하루에도 몇 번씩 호우주의보와 경보를 반복해 발령하고, 매스컴에서는 연일 폭우로 인한 재해현황을 실시간으로 전파하고 있다.

　거실로 나와 작은 매트를 깔고 가볍게 스트레칭을 시작한다. 혹시 가족들이 깰까봐 불도 켜지 못한다. 스트레칭을 마칠 때쯤 창밖을 서성이던 어둠이 서서히 걷히고 있다. 샤워를 하고 옷을 갈아입고, 아내가 준비해둔 야채주스와 바나나로 아침을 때우면서 TV를 켠다. 밤사이 벌어진 사건 사고와 일기예보, 교통상황을 확인한 후 자리에서 일어난다.

여섯 시 삼십 분, 이제 출근할 시간이다. 가방을 메고 안경과 마스크를 쓰고 우산까지 챙겨든 후 현관문을 나선다. 현관문을 열어젖히자마자 후텁지근하고 눅눅한 공기가 훅 덮쳐온다. 안경알도 부옇게 흐려진다. 다행히 빗줄기는 눈에 띄게 가늘어진 상태다. 주차장에 세워진 자동차에 눈길을 한 번 주었다가 이내 마음을 고쳐먹고 곧바로 버스 정류장 쪽으로 발걸음을 옮긴다. 집에서 오 분 거리인 버스 정류장이 오늘따라 멀게 느껴진다. 골목길 여기저기에 생긴 물웅덩이 때문이다. 반나절이라도 반짝 햇살이 비치면 금세 사라질 웅덩이들이 길어지는 장마 날짜만큼 숫자를 늘리고 있다.

조금 이른 출근시간인데도 버스에는 빈자리가 없다. 버스로 이십 분을 달려 신도림역에서 지하철로 환승한다. 신도림역은 여느 때처럼 발 디딜 틈이 없다. 떠밀리다시피 계단을 내려가서 길게 늘어선 줄에 합류한다. 열차 한 대를 그냥 보내고 두 번째로 들어온 열차에 겨우 몸을 비집고 들어선다. 평소에도 지옥철로 유명한 구간이지만 비 오는 날 출근길은 몸을 가누기도 어려울 정도다. 가뜩이나 복잡한데 승객들 손마다 들려있는 비에 젖은 우산이 한몫 하고 있는 탓이다.

열차 안은 거짓말처럼 고요하다. 간혹 안내방송이 들려올 뿐 승객들은 말이 없다. 마스크로 얼굴을 가리고 표정을 감추고 입마저도 굳게 봉인해 버린 것 같다. 열차 천정에서 에어컨이 돌고 있지만 금세 이마에 땀방울이 맺히기 시작한다. 다행히 십 분 만에 목적지인 합정역에 도착해서 커피 한 잔을 사들고 사무실로 향한다.

2020년 여름날 아침, 출근길 풍경이다. 사상 유래 없는 긴 장마가 계속되면서 두 달 가까이 반복되고 있는 변함없는 일상의 모습이다. 새해 벽두부터 마스크와 한 몸이 된 것도 모자라 이제는 한 발짝이라도 움직이려면 우산까지 장착해야 하는 게 일상이 되어가고 있다. 코가 뻥 뚫리도록 상쾌한 아침공기를 들이마셔 본 것이 언제인지, 쨍한 햇살과 푸른 하늘, 시원한 산들바람을 맞아 본 것이 언제인지 기억조차 가뭇하다.

정말 그런 날이 있기는 했을까? 아니 그런 날이 다시 우리 곁으로 돌아오기는 할까? 평범하고 당연하기만 했던 일상이 마냥 그립기만 하다. 너무도 당연하게 여겨진 일상이었기에 그것이 얼마나 소중한 것인지도 모르고 살아왔다. 단 한 번이라도 내게 주어진 일상에 제대로 된 감사를 한 적이 있었던가? 새삼 자신을 돌아보게 만든다.

언제부터인가 현대인의 로망 중 하나가 '지루한 일상으로부터의 탈출'이었다. 오래 전 유행했던 '열심히 일한 당신, 떠나라!'라는 광고 카피가 아직도 생생하다. 휴가철이나 황금연휴, 연말연시마다 여행객들로 북적거리던 인천공항의 풍경도 분명 우리들 일상의 단면이었다. 결코 먼 옛날이야기가 아니다. 불과 일 년 전 우리들의 모습, 우리들의 일상이었다.

2020년을 살아가는 우리들의 로망은 무엇일까? 아마도 코로나19 이전에 누렸던 '평범한 일상으로의 회귀'가 그 첫 번째일 것이다. 당연한 것으로 여겼던 일상의 소중함을 알았다면 이제부터라도 우리에게 주어지는 하루하루, 특별할 것 없는 소소한 일상에 늘 감사하며 살자.

말랑말랑한 유머의 힘

  가깝게 지내는 고향친구로부터 전화가 왔다. 근처에 볼일이 있으니 시간되면 점심이나 같이 하자고 했다. 다행히 선약이 없어서 그러자고 했다. 친구는 만나자마자 "요즘 힘들지?"라고 물었다. 순간 머릿속에 갖가지 추락하는 지표들이 떠올랐지만 애써 미소를 지으며 엉뚱한 대답을 했다. "요 며칠 사무실 출입키를 교체하느라 바빴어." "출입키?" "응, 여태 지문인식 키를 사용했는데 이번에 홍체 인식으로 바꿨거든." "왜? 키가 고장 났어?" 의도했던 방향으로 친구의 질문이 이어지자 짐짓 심각한 표정을 지으면 대답했다. "아니, 요즘 하도 손가락을 빨았더니 지문 인식이 안 되더라고." 그제야 내 의도를 알아챈 친구가 유쾌한 웃음을 터트린다. 나도 함께 웃었다.

  너나 할 것 없이 다들 어렵고 힘든 시기다. 이런 때에 한숨을 내쉬고 한탄을 늘어놓은 들 무엇이 달라질까. 차라리 이렇게라도 한번 유쾌하게 웃고 나면 잠시 기분전환이라도

할 수 있는 것 아닐까.

'인자무적仁者無敵'이라는 말이 있다. 어진 사람에게는 적이 없다는 말이지만 어진 사람에게도 언젠가는 적이 생기기 마련이다. 세상을 살아가면서 적을 만들지 않는 유일한 비책이 있다면 아마도 그건 웃음일 것이다. 그래서 난 인자무적을 '소자무적笑者無敵'으로 고쳐 부른다. 말 그대로 웃는 자에게는 적이 없다는 뜻이다. 웃음은 상대방에게 적대감이 없음을 나타내는 징표인 동시에 호감을 드러내는 최고의 방법이다. 사람과 사람, 관계와 관계 사이에 존재하는 긴장과 경계심을 완화시키고 두 사람 사이의 거리를 가장 가깝게 단축시켜주는 마법의 장치인 것이다. 그 웃음의 유발자가 바로 유머이다. 유머Humor는 '물속에서처럼 유동적이다.'라는 라틴어 'umere'에서 유래되었다. 즉, 고정관념에 사로잡히지 않는 유연한 사고를 지녀야만 유머가 가능하다는 얘기다. 말랑말랑하고 열린 사고는 발상의 전환이 일어나는 지점이며, 발상의 전환은 곧 창조로 이어진다.

유머가 단순한 화술을 뛰어넘어 최고의 경쟁력으로 평가받는 시대다. 그래서 CHO(Chief Humor Officer)란 말까지 생겨났다. 21세기 감성사회를 이끌어갈 리더는, 단순히 똑똑

하고 실력 있는 사람이 아니라 재미와 웃음으로 소통하고 그 안에서 행복을 만들어내는 유머리스트가 되어야 하는 것이다. 유머리스트가 되기 위해서는 무엇보다 기본에 충실해야 한다. 유머의 기본은 경청과 배려이다. 유머는 때와 장소에 맞게 구사했을 때 좋은 유머, 살아있는 유머가 될 수 있다. 적절한 상황과 절묘한 타이밍에 치고 들어가야 강한 인상을 남기는 효과적인 유머가 될 수 있는 것이다. 그러기 위해서는 항상 주의 깊게 상황을 살피고 타인의 이야기를 경청하는 자세가 필요하다. 그런 유머라야 상대방에게 호감을 안겨주고 낯선 관계에서도 쉽게 공감과 친밀감을 이끌어낼 수 있는 최고의 전략이 될 수 있는 것이다.

제2차 세계대전 당시 영국의 수상 처칠이 미국을 방문했다. 원조를 요청하기 위해서였다. 루스벨트 미국 대통령과의 첫 만남은 순조롭지 못했다. 처칠은 일단 숙소로 돌아와 샤워를 하고 타월만 걸친 채 쉬고 있었다. 그때 예고 없이 루스벨트 대통령이 들이닥쳤다. 처칠은 엉겁결에 일어나 손을 내밀어 악수를 청했고, 그 순간 타월이 벗겨지면서 벌거숭이가 돼버렸다. 당혹스러운 그 순간 처칠은 호탕하게 웃으며 한 마디를 건넸다. "이것보세요. 대영제국 수상은 이렇게 미국 대통령에게 하나도 숨기는 것이 없답니다." 그 한 마디로 두 사람은 금세 가까워졌고, 이후 회담도 순조롭게 마무리되었다.

진정한 유머는 머리가 아닌 마음에서 나온다. 마음에서 나온 유머는 듣는 사람의 마음을 움직이고 환한 웃음을 전파시킨다. 지금 누군가를 웃게 만들 수 있다면 그 사람은 사람의 마음을 움직일 수 있는 초능력을 가진 것이다. 여전히 어렵고 힘든 하루, 조금 더 배려하고 조금 더 경청한다면 누구나 초능력자가 될 수 있다.

발톱을 깎으며

　비 개인 휴일 아침, 하늘은 오랜만에 말간 민낯을 드러내고 촉촉하게 수분을 머금은 나무와 꽃들은 싱그러운 신록의 기운을 내뿜고 있다. 살랑살랑 불어오는 바람결에도 상쾌한 초록의 향이 묻어난다. 찬물에 가벼운 세안만 하고 걸어서 오 분 거리인 숲으로 향한다. 새소리, 바람소리 들으며 여유롭게 즐기는 아침 산책. 몸도 마음도 초록의 기운으로 가득 채워지는 느낌이다. 한 시간여의 산책을 마치고 집에 돌아와 신발을 벗는데 삐죽 양말을 뚫고나온 엄지발가락이 눈에 들어온다. 어머니를 닮아 유난히 큰 엄지발가락이 멀쩡한 새 양말에 자꾸만 구멍을 만든다. 구멍을 발견하면 양말을 뒤집고 야구공을 집어넣은 후 서툰 바느질로 구멍을 메우고 으레 발톱을 깎곤 하는데, 그때마다 불쑥 그로데스크한 발가락 이미지 하나가 겹쳐진다. 60여 년을 농투성이로 살아온 내 어머니의 발가락이다.

십여 년 전, 허리 수술을 받은 어머니가 보름 정도 우리 집에 머물러 계셨다. 어느 날 저녁을 먹고 어머니와 함께 거실에서 TV를 보다가 길어진 어머니의 손톱이 눈에 들어왔다. "엄니, 손톱이 너무 기네요. 제가 깎아드릴 게요." 손톱깎이를 꺼내들고 어머니의 손을 잡아끌었다. "냅둬라, 난중에 내가 깎을란다." 손사래를 치며 극구 사양하시던 어머니는 이내 못이기는 척 내게 손을 맡기셨다.

　거칠거칠하고 여기저기 거무튀튀한 검버섯이 올라와 있는 어머니의 손…. 생각해보니 어머니의 손을 잡아드린 적은 있지만 한 번도 손톱을 깎아드린 기억이 없었다. '참 무심한 아들이었구나!' 하는 회한이 밀려왔다. 울컥해진 마음을 내색하지 않으려고 얼른 말을 돌렸다. "우리 엄마 손톱이 참 이쁘시네." 그 말에 어머니는 어색한 미소를 지으시더니 금세 칭찬으로 돌려주셨다. "오매~, 작년 시한에 이쁜 사람들 다 얼어 죽어부렀다냐? 이 손톱이 머시 이뻐야, 니가 가시내보다 이쁘게 손톱을 깎어준께 이뻬 보이제."

　아들이 처음 깎아주는 손톱이니 특별한 마음이셨을 테고, 반달 모양으로 공들여 깎은 손톱 모양도 내심 마음에 드신 모양이었다. 내친 김에 나는 발톱도 깎아드리겠다고 양말을 끌어당겼다. 어머니는 부끄러운 듯 발을 빼시며 정색을 했다. "아따, 됐다마다. 발톱은 내가 깎을랑께 냅둬야." 하지만 어머니의 말보다 내 손이 더 빨랐다. 이미 양말은 벗겨지고 어머니의 발모양이 드러났다. 당연히 갈라지고 쭈글쭈글하리라고 생각했던 어머니의 발은 상상보다 기괴한 모양이었다. 고목의 뿌리처럼 불규칙하게 휘어지고 마디마디는 옹이처럼 솟아 있었다. 특히 엄지발톱은 다른 발톱의 두 배 이상 부풀어 올라서 손톱깎이에 들어가지도 않았다. 하긴, 평생을 쉬지 않고 논일에 밭일에, 겨울이면 갯일까지 해댔으니 멀쩡하기를 기대하는 것이 오히려 이상한 일일 것이다. 가슴이 먹먹해졌다. 그나저나 이 두꺼운 발톱을 어떻게 해야 할까? 궁리 끝에 대야에 물을 떠와서 한참동안 발을 담그고 물에 불린 후에 가위와 칼을 동원해서 겨우 발톱정리를 마칠 수 있었다. 예상하지 못했던 발톱손질에 족욕 서비스까지 받고나니 어머니도 기분이 좋아지신 모양이었다. "아따, 개안하고 좋다야. 그 무선 발톱을 야물딱지게 잘 깎었다잉." 어머니의 흐뭇한 미소와 그 음성이 어제 일처럼 아직도 생생하다.

그날, 나는 앞으로 자주 이런 기회를 만들어야겠다고 마음먹었지만 결국 그날이 처음이자 마지막 경험이 되고 말았다. 세 아이를 낳아 기르면서 내 새끼들 손발톱은 놓치지 않고 때맞춰 깎아주면서도 부모님께는 내내 무심한 아들이었을 뿐이다.

요즘은 가끔 처가에 갈 때마다 장모님의 손발톱을 깎아 드리려고 기회를 엿본다. 장모님의 손발에도 내 어머니 못지않은 질곡의 삶이 기괴한 모양으로 고스란히 담겨 있다. 그 마디마디를 어루만지며 깎고 다듬을 때마다 나도 모르게 경건해지고 감사의 마음이 절로 생겨난다. 그렇게 발톱을 깎으며 간절히 기도한다. 이번이 마지막이지 않기를, 부디 더 많은 감사의 기회가 내게 주어지기를!

단순하게, 가볍게 살기

'비워야 채울 수 있다'는 말이 있다. 그것이 물건이든 사람이든 공간이든, 새로운 것으로 채우려면 반드시 비우는 작업이 선행되어야 한다는 말이다.

어떻게 해야 잘 비우고 잘 채울 수 있을까?

그것에도 특별한 비결이 있을까?

있다. 그것이 바로 '정리의 기술'이다. 보통 '정리'라고 하면 물건을 버리거나 특정 공간을 깨끗하게 청소하는 것에서부터 출발한다. 이때 정리의 핵심은 두 가지다. 하나는 필요 없는 것들을 과감하게 버리는 것이고, 다른 하나는 필요한 것을 제 자리에 맞게 배치하는 것이다.

그렇다면 필요한 것과 필요 없는 것을 구분하는 기준은 무엇일까? 『인생이 빛나는 정리의 마법』의 저자 곤도 마리에는 '설레지 않는 물건은 과감히 버려라.'라고 말한다. 설렘은 미래지향적인 것이며, 그 반대인 미련은 과거집착형이라고 할 수 있다. 버리기에는 아깝고 언젠가는 쓸 것 같은 미련 때문에 당장 정리하지 못하는 것들은 결국 우리의 발목을 잡아 미래가 아닌 과거에 묶어두는 것이다.

『청소력』의 저자 마스다 미쓰히로는 '버리지 않으면 새로운 것도 들어오지 않고 새로운 운명도 오지 않는다.'고 말한다. 그는 일상에서 버리고 정리해야 할 것들을 크게 3가지로 나누는데, 그 첫째가 매일매일 생활 속에서 우리의 에너지를 빼앗는 것, 둘째가 과거의 깊은 생각, 셋째가 미래에 대한 기대와 불안이다. 그는 이 세 가지는 모두 불필요한 것들로, 그 자체가 마이너스 에너지를 발산한다고 지적하고, 그것들을 버리고 정리하는 것은 과거의 굴레, 자신이 살아온 인생, 마이너스로 가득 찬 환경의 자장을 제로로 돌려놓는 행위라고 말한다. 다시 말하자면 이것들을 버리고 정리해야만 원점에서 다시 시작할 수 있다는 이야기다.

비워야 채울 수 있는 것이 어디 물건뿐이겠는가. 마음도, 사람과의 관계도, 나를 둘러싼 환경도 모두 비우고, 내려놓고, 정리할 수 있을 때 비로소 새로운 생각, 새로운 사람, 변화된 환경으로 채울 수 있는 것이다. 그러기에 정리란, 불필요한 물건을 버리거나 공간을 깨끗하게 하는 것을 넘어서

어지럽고 복잡하게 얽힌 우리 삶을 단순하고 명료하게 만드는 일이다. 단순한 청소의 개념이 아닌 삶의 효율을 따지는 문제이고, 불규칙하고 무원칙한 생활습관을 바꾸고 원칙과 기준을 세우는 일이며, 흐트러진 우리 삶을 바로잡는 첫 단추인 것이다.

언제부터인가 '단순하게 살기'가 참살이의 화두로 떠올랐다. 단순하게 살기는 법정스님이 설파한 '무소유'와도 맞닿아 있다. 그것이 우리의 삶과 영혼을 어지럽힐 수 있는 것들을 소유하지 않기로 결단하는 것에서 출발하기 때문이다. 그렇다고 물질적 편의를 모두 포기한다는 것은 아니다. 물질에 집착하기보다는 참다운 자신의 존재에 집중해야 한다는 것을 의미한다. 나는 누구이고, 무엇을 좋아하고, 지금 내게 필요한 것이 무엇이며, 또한 지금 내가 소유한 것들 중에서 불필요한 것이 무엇인지를 먼저 알아야 하는 것이다. 그것이 바로 단순하게 살기의 기본이기도 하다. 즉 무엇을 버리고 어떻게 정리해야 할지를 알아내는 것이 단순하게 살기의 첫걸음인 것이다. 불필요한 것들을 버리고 잡다한 생각과 얽히고설킨 인간관계를 잘 정리할 수 있을 때 우리의 삶도 우리의 영혼도 더 자유롭고 더 풍요로워질 것이다.

먼 길을 떠나려면 가방이 가벼워야 한다. 전문 산악인들도 높은 산을 오를 때는 베이스캠프에 잡다한 짐들을 부려 놓고 생존을 위한 최소한의 것들로만 마지막 배낭을 꾸린다. 가방의 무게 때문에 중도에 주저앉을 수도 있기 때문이다.

우리도 한번쯤은 마지막 배낭을 꾸리는 산악인의 심정으로, 생각도 관계도 주변 공간도 단순하게 정리해 보는 시간을 가져보자.

긍정의 힘, 감사의 힘

2011년에 개봉했던 〈세 얼간이〉이라는 인도 영화가 있다. 천재들만 간다는 일류 명문대 ICE에 입학한 세 명의 친구들이 성적과 취업만을 강요하는 학교 시스템에 저항하며 벌이는 코믹한 에피소드와 자신의 꿈을 찾아가는 유쾌한 이야기로 많은 관객들에게 공감을 일으킨 영화였다. 이 영화에서 주인공 란초가 입버릇처럼 내뱉던 말이 있다. 'All is well!' 굳이 우리말로 하자면 '다 잘 될 거야'라는 긍정의 말이다.

지난 20년간 포브스가 선정한 세계 최고 부자 1위 자리에 무려 15차례나 오른 '마이크로소프트'의 창업자 빌 게이츠. 그는 매일 아침 눈을 뜨면 제일 먼저 두 가지 주문을 외운다고 한다. "나는 무엇이든 해결할 수 있는 능력이 있다."와 "왠지 오늘은 나에게 큰 행운이 생길 것 같다."가 그것이다.

영화 속 주인공 란초도, 세계 최고 갑부인 빌 게이츠도 긍정적인 생각, 긍정적인 말의 힘을 믿고 있는 것이다. 부정적인 생각은 불평불만에서 비롯돼서 불행으로 이어지고, 긍정의 생각은 감사의 마음에서 시작돼서 행복한 결말을 끌어낸다.

이렇듯 말에는 특별한 힘이 있다. 그 힘은 우리의 생각과 행동에 영향을 미치고 우리의 인생까지도 지배하게 된다. '생각이 말이 되고, 말은 행동이 되고, 행동은 습관이 되고, 습관은 운명을 만든다.'는 말도 그런 의미를 담고 있다.

『인생은 말하는 대로 된다』를 저술한 사토 도미오는 '말버릇만 고쳐도 자신의 셀프 이미지가 바뀌어서 180도 달라진 삶을 살 수 있다.'고 주장한다. 습관적으로 부정적인 말을 하는 사람은 타인에게 부정적인 이미지로 각인되고, 늘 긍정적인 말을 하는 사람은 긍정적이고 좋은 이미지를 남기게 되면서 결국에는 서로가 전혀 다른 삶을 살게 된다는 것이다. 성공한 사람들이나 행복한 삶을 사는 사람들에게는 공통점이 있다. 그들에게는 긍정적인 생각과 감사의 말이 습관화되어 있다는 점이다.

"내 생애 행복한 날은 6일밖에 없었다."

유럽을 제패한 프랑스의 황제 나폴레옹의 고백이다.

"내 생애 행복하지 않은 날은 단 하루도 없었다."

평생 보지도 듣지도 못하는 장애를 안고 살았던 헬렌 켈러의 말이다.

이 말대로라면 평생 장애를 안고 살았던 헬렌 켈러가 천하를 호령했던 나폴레옹 황제보다 훨씬 더 행복한 삶을 살았다는 이야기가 된다. 행복은 지금 내가 가진 것에 비례하는 것이 아니다. 그것은 지금 내게 주어진 상황과 현실을 어떤 시각으로 바라보고 어떤 마음으로 받아들이느냐에 달렸다. 마음먹기에 따라서 지금 이곳이 천국이 될 수도 있고 지옥이 될 수도 있는 것이다.

눈앞에 장미꽃을 앞에 두고도 어떤 이는 가시를 먼저 보고 어떤 이는 꽃을 먼저 본다. 같은 자리에서 같은 창문을 통해 밖을 내다볼 때도 어떤 이는 진흙탕을 내려다보며 내일 일을 걱정하고, 어떤 이는 하늘의 별을 바라보며 행복한 상상을 한다. 부정적인 생각으로 걱정이 앞서는 사람은 쓸데없이 걱정만 되풀이하게 되고, 작은 것에서도 감사할 일을 찾아내는 긍정적인 마인드를 가진 사람은 어떤 상황에도 웃음을 잃지 않고 행복할 수 있는 것이다. 세상은 보이는 만큼 내 것이 되고, 내가 생각하는 만큼 현실이 된다고 했다.

영국의 역사가인 토마스 칼라일은 이렇게 말한다.

"길을 걷다가 돌을 보게 되면 약자는 그것을 걸림돌이라고 하고, 강자는 그것을 디딤돌이라고 한다."

우리는 태어날 때부터 약자나 강자로 운명 지어졌던 것이 아니다. '세상을 약자로 살 것인가, 강자로 살 것인가' 하는 문제도 결국은 스스로 마음먹기에 달렸다.

오늘도 우리에게 소중한 하루가 주어졌다. 그 소중한 하루의 아침을 긍정과 감사의 마음으로 시작해보자. 분명 오늘 하루가 우리 인생 최고의 날이 되어줄 것이다.

지금은, 함께 가야할 때

오래 전, 지방의 한 도시에서 자동차 밑에 깔린 여고생을 구하기 위해 시민들이 자동차를 들어 올린 이야기가 화제가 됐다. 교차로에서 대형화물차와 승용차가 부딪히는 사고가 발생했는데, 그 충격으로 튕겨져 나온 승용차가 인도를 걷던 한 여고생을 덮친 사고였다. 그때 현장을 목격한 시민 20여 명이 달려들어 1분 만에 1.5톤에 달하는 자동차를 들어 올린 것이다. 오직 한 사람의 생명을 구하겠다는 절박하고 간절한 마음들이 한데 뭉쳐 이루어낸 기적 같은 사건이었다.

혼자서는 엄두도 내지 못할 만큼 불가능해 보이는 일들도 여러 사람이 뜻을 모으고 힘을 합하면서 기적처럼 성사되는 것을 종종 경험하게 된다. '백지장도 맞들면 낫다.'는 속담도 '십시일반十匙一飯'이란 사자성어도 그래서 생긴 것이 아닐까.

요즘은 협력과 상생의 의미를 담은 여러 말 중에서 '상승 효과'나 '시너지 효과'라는 말을 더 많이 쓰는 것 같다. 노동 집약적인 1차 산업 중심에서 3차 산업을 넘어서 4차 산업으로 진입하는 시대적 배경 때문인지, 핵가족을 넘어서 1인 가구 수가 전체 가구 수의 25%를 넘어선 사회적 변화 때문인지 모르지만, 요즘은 물리적인 힘을 모으는 일보다는 머리를 맞대고 아이디어를 짜내거나 지혜를 모으는 일이 더 많아졌다. 이렇게 시대가 변하면서 표현이나 방법도 달라지고 있지만, 하나보다는 둘이 낫고, 둘보다는 셋이 모이는 것이 효과적이라는 사실에는 변함이 없다. 그래서 회사 경영이나 스포츠 경기도 점점 뛰어난 개인기보다는 단단한 팀워크를 중시하는 추세이다. 제 아무리 똑똑한 사람도 혼자서는 두 사람, 세 사람의 지혜를 넘어서기 어려운 것이다.

북미대륙의 '인디언 보호구역'에 인디언 아이들에게 신학문을 가르치는 학교가 있었다. 어느 날, 이 학교에 새로운 선생님이 부임했다. 선생님은 부임하자마자 아이들의 학습 능력을 평가하기 위해 시험을 준비했다. 그런데, 시험을 치르던 날 상상할 수 없는 놀라운 일이 벌어졌다. 시험지를 받아든 아이들이 삼삼오오 모여 앉더니 서로 상의하면서 문제풀이를 한 것이다. 그 모습을 보고 놀란 선생님이 교탁을 내리치며 호통을 쳤다. 그러자 한 아이가 자리에서 일어나더니 오히려 선생님의 행동을 이해할 수 없다는 표정을 지으며 이렇게 말했다.

"선생님, 저희는 어려운 문제가 생기면 서로 상의해서 풀어야한다고 배웠는데요."

인디언 아이들에게 시험은 경쟁이나 평가가 아닌, 하나의 문제를 해결하기 위해 친구들과 지혜를 모으는 일이었던 것이다. 경쟁과 평가에 매몰되면 상생과 협력, 공존의 숭고함을 놓치기 쉽다.

미식축구 만년 꼴찌 팀이었던 세인트루이스를 3년 만에 슈퍼볼 우승팀으로 만든 명장 딕 버메일 감독은 "조직을 승리로 이끄는 힘의 25%는 실력이고, 나머지 75%는 팀워크이다."라고 말했다. 홀로 있으면 한 방울에 불과한 것들이 한데 모여 강을 이루고 바다를 만들 듯, 물방울 같은 작은 마음과 힘들이 모여 성공을 이루고 기적을 만들어낸다.

최근 '코로나19'의 지역 확산과 집단 감염으로 온 나라가 뒤숭숭하다. 예기치 못한 마스크 대란까지 겪으면서 불안과 혼란이 커지고 있다. 말 그대로 국가적 재난상황이라 할만

하다. 하지만 군이 숱한 전란의 역사나 IMF같은 상처를 떠올리지 않더라도 우리는 잘 알고 있다. 지금이 그 어느 때보다 상생과 협력이 필요한 시점이고, 서로 공감하고 배려하며 지혜와 힘을 모아야 할 때라는 것을. 그리고 모두의 염원이 한데 모이면 거기서부터 긍정적인 변화가 시작되고, 그 변화가 마침내 기적을 만들어낸다는 것을!

새삼 아프리카 코사족의 속담을 되새기게 된다.
"빨리 가려면 혼자 가고, 멀리 가려면 함께 가라."
지금은 분명 손을 맞잡고 함께 가야할 때이다.

시인의 눈, 시인의 마음으로…

'세렌디피티serendipity'라는 말이 있다.

'우연한 발견에서 얻은 뜻밖의 행운'을 일컫는 말이다. 18세기 영국의 문필가였던 호레이스 월폴이 처음 사용한 이 말은, 동화 『세렌딥의 세 왕자』에 나오는 왕자들이 '미처 몰랐던 것들을 우연히, 지혜롭게 발견'하는 모습에서 연상한 것이라고 한다.

'우연을 붙잡아 행운으로 만드는 힘' 세렌디피티, 하지만 그것이 아무에게나 찾아오는 것은 아니다. 늘 새로운 것에 대한 호기심과 열망이 넘치는 사람, 작고 사소한 것에도 세심한 관심을 기울이는 '관찰'의 습관을 가진 사람에게 세렌디피티의 세계가 펼쳐진다.

인류의 역사, 특히 과학의 발전사는 이 같은 실수와 우연, 그리고 뜻밖의 행운으로 이루어진 경우가 많다.

1888년 우연히 자동차 사고를 목격하면서 15년간 안전

유리 개발에 몰두하게 된 프랑스의 과학자 에두아르 베네딕투스. 그는 실험실을 돌아다니던 애완 고양이가 떨어뜨린 셀룰로이드가 담긴 플라스크가 부서지지 않은 것을 발견하고 마침내 안전유리를 만들어내는 데 성공한다. 미국의 발명가 찰스 굿이어는 고무에 황을 섞어서 실험을 하던 중 실수로 고무덩어리를 뜨거운 난로 위에 떨어뜨렸다가 그 고무가 약간 그을리기만 했을 뿐 녹지 않은 것을 발견했다. 그 발견으로 오늘날 자동차 타이어, 장갑, 벨트 등 각종 부속품에 널리 쓰이는 고무의 가공법이 탄생되었다.

목욕탕에서 순금의 밀도를 측정하는 방법을 깨달고 '유레카'를 외쳤던 아르키메데스, 떨어지는 사과를 보면서 만유인력의 법칙을 찾아낸 뉴턴, 진공관의 극초단파가 주머니 속에 넣어둔 초콜릿을 녹이는 것을 보고 전자레인지를 발명하게 된 퍼시 레바론 스펜서의 이야기가 세렌디피티의 대표적 사례이다. 그밖에 플레밍의 페니실린, 노벨의 다이나마이트, 돈 피에르 페리니욘 수도사가 탄생시킨 샴페인 역시 우연한 발견을 통해서 얻어진 것들이고, 아이스크림콘, 점자, 포스트 잇, 감자칩, 화학섬유 나일론, 전도성 플라스틱, 비아그라의 탄생도 마찬가지였다.

세렌디피티를 통해 얻어진 것들에는 한 가지 공통점이 있다. 그 발견이나 발명이 모두 작고 세심한 관찰에서 비롯되었다는 것이다. 어떻게 관찰만으로 그런 일이 가능한 것일까?

관찰의 사전적 의미는 "사물이나 현상을 주의 깊게 조직적으로 파악하는 행위"이다. '그냥 보는 것'이 아니라 말 그대로 '살펴보는 것'을 말한다. 단순히 눈에 비치는 것을 인지하는 수준을 넘어서 눈으로 보고 마음으로 살피는 것이다. 마음으로 살피는 것은 그것이 무엇이든 내면 깊은 곳까지 관심을 가지고 들여다본다는 뜻이다. 그런 지속적인 관심은 열망을 낳고, 열망은 부지불식간에 찾아든 우연도 놓치지 않고 그것을 행운으로 바꾸는 놀라운 힘을 보여준다. 관찰의 습관이 사물의 본질을 꿰뚫어볼 수 있는 통찰력으로 이어지기 때문이다.

인간관계도 크게 다르지 않다. 누군가를 지켜보고 관찰한다는 것은 관심을 갖는다는 것이고, 그 관심은 상대방의 마음을 들여다보고 그 내면 깊숙한 곳에 닿는 것을 의미한다. 그런 마음을 상대방이 인지하는 순간, 사람과 사람 사이에도 기적처럼 세렌디피티의 세계가 열리게 되는 것이다.

사회적 거리두기 캠페인이 장기화 되면서 '집에서 혼자 놀기'라는 콘텐츠가 온라인을 뜨겁게 달구고 있다는 뉴스를 보면서 문득 안도현 시인의 〈너에게 묻는다〉라는 시의 한 구절이 떠오른다.

"연탄재 함부로 발로 차지 마라
너는
누구에게 한번이라도 뜨거운 사람이었느냐"

골목에 쌓인 연탄재를 단순한 쓰레기로 보지 않고 그 안에서 뜨거운 열정을 읽어낸 시인의 눈과 마음, 그런 눈과 마음이 지금 우리에게 필요한 때이다.

당당하게 미움 받을 용기

　몇 해 전 출판계를 뜨겁게 달군 책이 있다. 40주 이상 베스트셀러 1위 자리를 굳건히 지키며 100만 부 이상 팔린 『미움 받을 용기』가 그 주인공이다. 일본 철학자 기시미 이치로가, 우리에게 잘 알려지지 않은 제3의 심리학 거장 알프레드 아들러의 심리학을 소개한 책이다.

　책의 내용을 요약하자면 "세계란 다른 누가 바꿔주는 것이 아니라, 오로지 나의 힘으로만 바꿀 수 있다."라는 말로 대신할 수 있다. 사람들은 누구나 변화를 원하고 지금보다 더 자유로운 삶, 더 행복한 삶을 갈망하지만 정작 현실에서는 갖가지 외적 요인을 핑계로 포기하고 주저앉는 경우가 허다하다. 아들러는 그런 때일수록 자신의 내적 요인에 집중하라고 말한다. 세상을 변화시키고 싶다면 나를 변화시키는 것으로부터 해답을 찾아야 하며, 그러기 위해서는 무엇보다 용기가 필요하다고 주장한다. 어떤 환경에서도 행복해질 수 있는 용기, 자신이 원하는 삶을 자유롭게 선택할

수 있는 용기, 타인의 시선을 두려워하지 않고 때로는 당당히 미움 받을 용기까지도!

이 책이 밀리언셀러로 등극할 수 있었던 이유는 무엇이었을까? 그것은 아마도 지금 우리가 처해 있는 현실이 절묘하게도 이 책에서 이야기하는 '미움 받을 용기'를 필요로 하는 시대이기 때문이 아니었을까. 우리가 '미움 받을 용기'가 필요한 시대를 살고 있다는 것은, 그만큼 우리가 살아가고 있는 이 사회의 외적 요인이 제 기능을 발휘하지 못하고 있다는 반증이자 서글픈 공감이기도 하다.

최근 우리 사회를 관통하는 키워드 중의 하나가 바로 '불안'이다. 사회 곳곳에서 자라나는 불안이 안개처럼, 황사처럼, 미세먼지처럼 시계 제로의 상황을 만들고 있다. 청년들은 취업 불안, 장년들은 고용 불안, 노년들은 노후 불안, 거기에다 복잡한 국제정세 속에서의 안보 불안까지…. 더 나은 내일을 기대하기 어렵다는 불안이 가장 큰 불안이다. 사회가 불안하면 사회 구성원들의 삶도 불안해지고 자존감에 지대한 위협을 받게 된다. 가장 기본적인 자존감마저 지켜내기 어려운 극단의 상황에 내몰리게 되는 것이다. 자존감이 무너지면 정상적인 대인 관계도 기대하기 어렵게 된다. 이처럼 생존을 위해서라면 '미움 받을 용기'도 기꺼이 감내

해야 하는 상황에 처한 사람들에게 『미움 받을 용기』는 그 제목만으로도 큰 위안이 되지 않았을까?

'서커스단의 코끼리'란 말이 있다. 서커스단의 코끼리는 어린 시절부터 훈련을 받으면서 공연을 하는 시간 외에는 항상 말뚝에 연결된 사슬에 묶여 지낸다. 어린 코끼리가 힘으로 이겨낼 수 없는 단단한 쇠말뚝이다. 하지만 코끼리가 자라서 1톤 이상의 무게를 이겨낼 수 있는 힘을 가지게 되어도 여전히 그 말뚝에 묶여 지낸다. 성장한 코끼리는 맹수의 왕인 사자도 두려워하는 존재지만 서커스단의 코끼리는 오래된 습관에 평생 자신을 묶어놓고 사는 것이다. 만약 서커스단의 코끼리가 단 한 번만이라도 용기를 내서 쇠말뚝으로부터 벗어나기를 시도했더라면 어떻게 됐을까?

아들러는 우리가 살아가면서 직면하는 많은 문제들의 원인을 '용기 부족'에서 찾고 있다. 용기란 무엇일까? 제1차 세계대전의 전설적인 전투기 조종사였던 에디 리켄바커는 이렇게 말한다.

"용기란 두려워하는 일을 하는 것이다. 두렵지 않으면 용기도 있을 수 없다."

용기란, 결코 새로운 것을 만들어내는 것이 아니라 내 안

에 있는 잠재된 능력을 발견하고 그것을 실행에 옮기는 것이다. 그리고 그것의 시작은 있는 그대로의 내 자신을 들여다보고 인정하는 것에서부터 시작된다. 내가 원하는 삶으로의 첫걸음이 바로 '용기'인 것이다.

파도가 두려워서 항구에 정박한 배는
더 이상 배가 아니다.

메모도 습관, 감사도 습관

'둔필승총鈍筆勝聰'이라는 사자성어가 있다. '둔한 붓이 총명함을 이긴다'는 뜻인데, 굳이 의역하자면 '서툰 메모와 기록이 총명한 머리보다 낫다'는 말이다. 기억에는 유통기한이 정해져 있지 않지만 강한 휘발성의 속성을 가지고 있어서 부지불식간에 사라지고 만다. 아무리 타고난 천재라 해도 그의 기억이 꼼꼼한 메모나 기록을 뛰어넘을 수는 없다.

미국의 대통령이자 명 연설가였던 링컨은 메모를 하기 위해서 긴 모자를 애용했다. 모자 속에 항상 연필과 종이를 넣고 다녔던 것이다. 천재 발명가로 불리는 에디슨도 메모광이었다. 그가 살아생전에 기록한 메모 노트가 무려 3,400권에 달한다. 낭만파 음악의 최고봉으로 인정받는 슈베르트는 악상이나 특별한 영감이 떠오를 때면 식당의 식단표는 물론이고, 심지어 같이 있는 사람의 등에까지 메모를 남겼다고 한다.

우리나라에도 유명한 메모광이 많다. 조선 후기 실학자이자 책벌레로 유명한 이덕무는 감잎에까지 메모를 해서 항아리에 보관했을 정도였다. 이순신 장군은 생사를 가늠할 수 없는 전장에서도 일기쓰기를 멈추지 않았고, 그가 남긴 『난중일기』는 개인의 기록을 넘어 역사적 가치를 지닌 사료로 인정받으며 유네스코 세계기록유산으로 등재되기까지 했다.

메모에는 특별한 힘이 있다. 메모는 단순한 기록을 뛰어넘어 정보를 수집하고 분석하는 일련의 활동을 동반하기 때문이다. 간단한 메모만으로도 우리는 정보의 홍수 속에서 꼭 필요한 정보를 선별하는 작업을 하고 있는 것이다. 우리의 기억은 시간이 흐르면서 소멸되기도 하고 파편적으로 남은 기억들은 사실을 변형시키거나 왜곡시키기까지 하지만 메모는 결코 변하지 않는다. 메모를 생활화하면 기억을 지배하게 되고, 그것이 습관화되면 그 사람의 인생까지 지배하게 되는 것이다.

디지털시대에는 메모도 디지털화 되어 간다. 스마폰의 등장으로 글자도 쓰는 것이 아니라 카메라로 찍거나 음성을 활자로 바꿔주는 자동 기능까지 있다. 메모의 방식이 단순

한 기록을 넘어서 음성녹음, 영상녹화, 사진 기록 등 다양하게 진화하고 있는 것이다. 표현방식도 다양해졌다. 블로그나 미니홈피에 남기기도 하고 SNS나 유튜브를 통해 더 많은 사람들과 그것을 공유하고 공감을 나누기도 한다.

메모의 도구나 표현방식도 중요하지만 더 중요한 것은 메모를 하는 행위와 그 행위의 지속성에 있다. 해마다 새해가 되면 너도나도 새 다이어리나 수첩을 준비하고 새로운 각오를 해보지만 그 다이어리나 수첩을 마지막 장까지 채우는 일은 찾아보기 어렵다. 메모가 가진 힘과 가치를 알지만 그것을 습관으로 만드는 일은 결코 쉽지 않은 것이다.

어느덧 12월 중순이다. 새해 새아침을 맞이하던 설렘이 아직 생생하게 남아 있는데 벌써 세밑이 코앞이라니, 아무래도 세월의 속도는 나이에 비례하고 머리의 총기(聰氣)는

나이에 반비례하는 것 같다. 해마다 이맘때면 지난 한 해를 돌이켜보지만 기억이 흐릿하기만 하다. 그럴 때마다 다이어리를 뒤적이며 흐릿한 기억의 편린들을 하나하나 맞춰 보게 된다. 그곳에는 머리로는 기억하지 못하는 순간들과 그 순간의 감정들이 오롯이 남아있기 때문이다.

이제 며칠 후면 새해, 새아침이 시작된다. 새해에는 나만의 방법으로 나만의 역사, 나만의 감성을 기록해보자. 그것이 감사의 순간, 감사의 마음이라면 금상첨화일 것이다. 무디고 서툴지만 강한 메모의 힘으로 새롭게 주어진 365일을 알차게 채워가 보자. 작은 감사도 기록으로 남기면 역사가 된다.

처음처럼, 마지막처럼

시간, 참 빠르다.

새해 아침 일출을 보며 느꼈던 감흥이 아직 생생한데 어느덧 세밑이다. 지나간 시간은 돌아보면 늘 아쉬움이 남는다. 그래서일까. 분명 어제와 똑같은 24시간이지만 세밑의 하루는 더 특별하고 소중하게 여겨진다. 세밑과 새해가 교차하는 경계에서 만나는 시간이기 때문일 것이다. 시작이 있으면 끝이 있고 처음이 있으면 반드시 마지막도 찾아오는 것이 세상사의 이치인데, 우리는 왜 유난히 마지막이라는 말 앞에서 매번 복잡 미묘한 감정의 소용돌이를 겪게 되는 것일까?

함민복 시인은 '모든 경계에는 꽃이 핀다.'고 노래했다. '마지막'은 끝과 시작의 경계에서 피어나는 꽃과 같다. 그 꽃의 향기와 빛깔은 저마다 제각각이다. 어떤 이는 마지막

이라는 시간적 공간에서 환호와 영광의 웃음꽃을 피우고, 또 다른 누군가는 탄식과 절망의 검은 꽃을 피우기도 한다. 그 곳에 어떤 꽃이 피어나든지 그 결과는 오롯이 지난 과정의 산물이겠지만 그 꽃의 색과 향은 대체로 처음 또는 마지막 순간에서 결정되는 경우가 많다. 모든 일에서 처음과 마지막을 특히 강조하는 것도 그런 이유 때문일 것이다. 그러기에 처음과 마지막 순간, 끝과 시작이 교차하는 그 미묘한 경계境界를 경계警戒해야 한다. 기분 좋게 첫출발을 하고 오랜 시간 수많은 역경을 이겨내며, 이제 마지막 몇 걸음만을 남겨둔 상태에서 순간의 방심이나 오판으로 모든 것을 그르치거나 물거품으로 만들 수는 없는 것이다.

30년 넘게 건축회사에 근무했던 한 남자가 정년퇴직을 앞두고 있었다. 평생 집짓기를 해온 남자는 일에 지치고 기력도 떨어져서, 이제는 은퇴해서 하루라도 빨리 편안하게 쉬고 싶은 생각뿐이었다. 그런데 회사 사장이 마지막 부탁이라며 퇴직 전까지 집 한 채만 더 지어달라고 했다. 부탁을 거절하지 못한 남자는 다시 집을 짓기 시작했다. 하지만 마지못해 일을 맡은 때문인지 여느 때와는 달리 일을 하는 내내 흥이 나지 않았다. 시간은 흘러가고 퇴직 날이 다가오자 조급해진 남자는 '까짓것 내가 살 집도 아니고, 나는 퇴직

하면 그만인데, 뭘.'하는 마음으로 서둘러 집짓기를 마무리하고 말았다. 평소에는 있을 수 없는, 그답지 않은 무책임한 태도였다.

우여곡절 끝에 집이 완성되었고, 남자는 정년퇴직의 날을 맞이했다. 사장은 그동안의 노고를 치하하며 남자에게 뜻밖의 선물을 내놓았다. 그 선물은 다름 아닌 남자가 마지막으로 지은 집의 현관 열쇠였다. 30년 동안의 노고에 대한 보답으로 사장이 남자에게 집 한 채를 선물한 것이다. 남자는 그제야 땅을 치며 한탄했다. '아, 좀 더 튼튼하게 짓고 꼼꼼하게 마무리할 걸!' 하지만 이미 지나간 시간을 되돌릴 수는 없었다. 마지막이라는 생각에 무성의하게 일처리를 한 대가가 고스란히 자신에게 돌아온 것이다.

모름지기 시작이 선하다면 마지막도 아름다워야 한다. 그것을 우리는 '유종의 미有終之美'라고 부른다. 마지막은 모든 것의 대미를 장식하는 피날레이자 클라이맥스이기 때문이다.

마지막은 첫인상만큼이나 강한 이미지를 남긴다. 육상이나 수영처럼 초秒를 다투는 기록경기에서도 마지막 순간을 중요하게 생각한다. 그래서 '라스트 스퍼트last spurt'라는 말까지 생겼다. 결승선을 통과하는 순간까지 전력을 다해 질

주하는 경기에서는 스타트도 중요하고 중간 과정도 중요하지만, 특히 마지막 순간이 모든 것을 바꾸어 놓는 경우가 많기 때문이다. 끝이라고 방심했다가는 한순간에 모든 것이 물거품이 될 수도 있다.

뉴욕 양키스의 감독으로 유명했던 요기 베라는 이렇게 말했다.

"끝날 때까지는 결코 끝난 게 아니다."

마음종견

글쓴이 | 곽동언
펴낸이 | 우지형

인 쇄 | 하정문화사
제 본 | 영글문화사
후가공 | 금성산업
디자인 | Gem

펴낸곳 | 나무한그루
주 소 | 서울시 마포구 독막로 10, 성지빌딩 713호
전 화 | (02)333-9028 **팩스** | (02)333-9038
E-mail | namuhanguru@empal.com
출판등록 | 제313-2004-000156호

ISBN 978-89-91824-63-8 02810

값 4,000원